W0307207

VdN

Hildegard Jahn-Reinke

Lichtzeichen

Gedichte

Verlag der Nation
Berlin

Mit einem Nachwort von Armin Müller

Mit Illustrationen
von Roswitha Grüttner

ISBN 3-373-00138-2

2. Auflage 1989
© Verlag der Nation Berlin 1988
Lizenz-Nr. 400/93/89
LSV 7005
Einband: Roswitha Grüttner
Typographie: Kerstin Vorwerk
Satz und Druck:
(52) Nationales Druckhaus, Betrieb der VOB National
Buchbinderische Verarbeitung:
VEB Druckhaus «Maxim Gorki», Altenburg
Bestell-Nr. 696 878 9
01200

O welch ein Weg
und doch Glück
auf dem Wege zu sein

WAS ICH GESCHRIEBEN,
ist im Wind zerstreut,
doch ist es Wind,
der Samen trägt und weiterträgt.

So sei's
dem Wind dahingegeben.

Das Wort

Wort, das Wort,
leuchtend, da es
schwer und befrachtet,
aufsteigt aus Tiefen.

Kein Gespinst
taumelnd im Wind,
noch Seifenblase
schillernd im Licht.

Wort, das Wort,
das herübertönt
aus dem Anfang
und da es tragen kann,
auch wenn wir hinsinken,
ohne Ende.

MAN MÜSSTE SCHREIBEN
wie Tänze sind:
schwingende, leichte Bewegung
fallend, steigend,
eine luftige Leiter aus Tönen.

Man müßte schreiben
vom Menschen:
schwere, leichte, dunkle, helle
Begegnungen,
eine schwankende Leiter aus Leben

dorthin, wo Licht ist.

daß Töne tragen können . . .

Wie wunderbar das ist,
daß Schmerz zum Klingen kommt,
in einem Bogenstrich
ein heller Tag aufsteht
mit einem dunklen Abend,

dein Schritt ganz leicht wird,
und ein Drehen dich hinaufhebt
ganz ins Helle,
daß alles Schwere fällt und niederfällt,
daß Töne tragen können.

Hoffnung, das Segel . . .

Hoffnung, das Segel!
Daß es sich blähe zur Fahrt
schräg hinstreifend
über das Wasser!

Hab keine Angst!
Nur über Stehendes
spülen die Wellen,
den Fahrenden
hebt es und trägt es
hinab und hinauf.

Ein fliegender Fisch
oder ein Vogel,
so streif ich dahin.
Das Segel blendet im Licht.

Variationen

Erinnerung:
stürzende Woge
glasklar, ungeheuer und
unausweichbar,
drückst mich
hinab,
hebst mich
hinauf.

Erinnerung:
Raum in uns,
der bewahrt und aufspart
die sieben Farben des Regenbogens,
dein Lachen,
die Wärme, die aus der Stimme aufblüht,
daran kein Sommerglühen
heranreicht.

Erinnerung:
wie anderes
so in uns eingeht,
daß keine Grenze bleibt,
was war
zur Farbe unseres Blutes wird,
ein helles Rot —
ein dunkles Rot —

Warum hast du an die Tür gestossen?
Geschlossen war es eine Tür wie andere auch.
Nun blendet Jugendland, ein Hauch
von damals weht herein:
fränkisches Dorf im Sonnenschein,
die hellen Straßen fliehend im Gelände,
die Burg: das bunte Bild aus einem Kinderbuch,
Karfreitagslied, von goldenen Hörnern in das Land
geblasen,
die Dämmerung, ein violettes Tuch,
über noch kahle Bäume fallend,
und Leben weit wie eine Straße ohne Ende.

Im ersten Kriegssommer

Am Turm hier hebt die Feuerlilie ihr Gesicht.
Bald steht die Glühende in kaltem Blitzeslicht.

Der Grille helles Sommerlied ist jäh verstummt.
Nur eine Hummel spät um gelbe Blumen summt.

Wie unsere Liebe liegt dies Land
im Sommerglanz vor seiner Wetterwand.

Während des Genesungsurlaubs meines Mannes 1943

Des Teiches schwarzer Spiegel fing die Ufer ein:
der Bäume vielfach abgestuftes Grün,
den blauen Himmel und den Sonnenschein,
der nach dem langen Regentag
so sanft auf allen Dingen lag.

Der Schwan glitt ruhevoll heran.
Noch blieb im Wasser seine Spur,
bis sie goldzitternd, spiegelbunt verrann,
so flüchtig wie ein Stein versinkt,
so flüchtig wie ein Ton verklingt.

Da kamst du mit dem Kameraden, tratst ins Licht.
Wie tranken eure Augen dieses Bild,
ach wie entspannt war euer Angesicht.
Drei Monde waren kaum herum,
da lag dein Freund schon grabesstumm.

Denk ich an diese helle Insel zwischen bangen
 Stunden,
ist mir, als hab ich eben noch
die sanfte Sonne und mein dankbar leichtes Herz
 empfunden.
Ich seh der Bäume mannigfaches Grün,
die Spur im dunklen Wasser leuchtend ziehn,

so flüchtig wie ein Stein versinkt,
so flüchtig wie ein Ton verklingt,
so flüchtig . . .

Dieses Gedicht schrieb ich bei Flieger-alarm nachts im Luftschutzkeller auf den Rand einer Zeitung.

Wie seltsam, nichts vergeht . . .

für Christoph Fikenscher

Wie seltsam, nichts vergeht:
die Worte, die wir sprachen, die uns trafen,
sind alle da wie Melodien, die heimlich schlafen,
und jählings rühren sie uns an und alles steht
vor uns nun wieder auf und klingt wie einmal schon,
und zitternd spüren wir, wie hier kein Ton
verweht.

Wie seltsam, nichts vergeht, und eines ist vom
anderen umfangen.
So fielen Worte, die aus deinem Mund einst kamen,
dem Kind noch dunkel, in mein Herz wie Samen
in Erde fällt und nun nach langen,
so langen Jahren sind sie da wie Wein und Brot. –
Der Samen ist nicht tot.
Du bist nie fortgegangen.

Um aufzusteigen . . .

Schiffbrüchig
bin ich unter Piraten gefallen.
Da lieg ich am Strand,
über mir Sterne,
höre das Brausen der Brandung
und quäle mich zu vergessen,
daß auch diese Gesichter
zum Antlitz des Menschen gehören.

Aber vergessen ist schlecht!
Aufstehen will ich und
in den Morgen hineingehen,
schaun, daß mein Herz wie die Erde
immer wieder zum Hellen sich wendet.

Um aufzusteigen
braucht ein Lied viele Töne,
und vieler Farben bedarf es,
damit Schönheit
uns anrührt.

Um nicht helfen zu müssen . . .

Um nicht helfen zu müssen,
bist du seitwärts gegangen
und weißt nicht,
daß dort das Moor ist.

Um nicht hören zu müssen,
hast du dich taub gestellt,
Nun verstummte für dich
auch der Vogel.

Um nicht halten zu müssen,
hast du die Hände verkrampft.
Nun sind sie steif.
Was tun,
wenn das Geländer kommt
am reißenden Wasser?

aber unten . . .

Dein Haß gleitet ab,
denn ich erwidere ihn nicht,
und da ich aufschaue,
wandere ich
über dem dunklen Gewölk,

aber unten
beginnt es
immer.

VERSÄUMTES:
Dissonanz,
die alles, was uns ganz
gehört,
Erlebtes wie Erträumtes,
aufschreiend stört.

Lösch diese Schrift . . .

«Gut sein ist nirgends.»
Deine Worte stehen:
zerstörte Bäume,
unfähig weiter zu leben.
Deine Worte kommen:
ein Felsblock,
Lebendiges zu zerschlagen,
und die Brücke
über dem Abgrund Verzweiflung,
daran Jahrtausende bauten,
schwankt.

«Gut sein ist nirgends.»
Lösch diese Schrift von der Wand,
eh sie zum Richterspruch wird
für alles,
was heute noch atmet.

Dem anderen

Warm ist der Sommer und leuchtend,
doch was das Herz wärmt,
kommt dir vom anderen.

Und wie ein Regen fällt
in durstiges Grün
sind Worte der Freundschaft.

Triffst du den anderen,
wehen Rosenblätter
noch im Novemberwind.

Menschliches Gesicht,
du aller Landschaften schönste —

Augen, durch Lächeln licht,
ihr aller Himmel heiterster —

Wer an heiteren Tagen . . .

Wer an heiteren Tagen
mit kraftvollen Armen
Lasten emporstemmt,
ist schön –

doch wer mit zerschlagenen Gliedern,
begraben von stürzenden Steinen
langsam
sich wieder erhebt,
ist ein Mensch.

Da ich an dein Gutes denke . . .

Da ich an dein Gutes denke,
wird mir das Herz warm
und davon wird
auch die Luft um mich wärmer.
Wie ein brennendes Eisen
will ich das andere
fallen lassen.

Wo ist ein Mensch,
der nicht falsch geht
näher und weiter
um anzukommen,
wo ein Baum
ohne gelbes Geriesel
von Welkem?

Da ich an dein Gutes denke,
kommst du und bleibst
in mir.

Jeder, der geht,
nimmt ein Licht mit.

Jede Liebe

Immer bleibt
ungesagtes Wort.
Jede Stunde treibt
unerbittlich fort:
Sonne auf dem Fluß,
die im Wellen- und im Wolkenwandern
schwinden und erblinden muß.

Denk daran,
Nie hat Liebe je genug getan.

Kleine Variation
zu einem großen Thema

Und wir sind alles, was hier lebt,
und brauchen Wurzeln und das Sonnenlicht,
um aufzuwachsen wie ein Baum,
und brauchen wie ein Vogel, der die Schwinge hebt
zum Flug, die freie Luft, den weiten Raum.

Und doch zählt all dies nicht,
brennt unser Feuer aus. Vergessen wir das Licht,
sind wir in kaltem Raum erloschener Stern,
der sich im eigenen Schatten dreht,
während ganz fern
und groß und brennend unsere Sonne steht.

In memoriam

In deinen Augen spiegelte sich
alles noch einmal:
ein vollkommenes Bild.

Spruch

Nein, nicht dem anderen,
dir selbst begegnest du.
Es liegt bei dir:
du kannst
dich fallen lassen
oder
du kannst steigen.

Kleiner Vers

Was hier als Schnee fällt,
ist dunkel dort.
Was dunkel war,
filtert hier Licht.

Aus wieviel Teilen
sind wir gemischt.

Februar

Noch fällt Schnee,
doch hinter ihm schon
ist steigende Sonne,
ein weißes Licht,
und darin wartend
alle sieben Farben.

Und das Herz
weiß es.

Bild im März

Gebirge aus Wolken,
von Sonne gestaltet
zu Landschaften,
taucht auf
aus einem Himmel
im März.

Davor
schwarzes Gezweig:
ein Gitter
aus lebender Hoffnung.

Pappel

Aus dir
wird lesbar
Jahr um Jahr:

der Kindheitsbaum.
Sein Abendspiel
mit rotem Feuerball.

Der Sommerbaum an alter Brücke.
Steingrau der Heilige,
als Lächeln Sonne im Gesicht.

Beim Wiederkommen
die Stadt zerstört,
die Pappel auch.

Nach schwerer Krankheit
dieses Grün
und *Sommer* dachte ich

und sah
die Pappelreihe auf
dem Weg zu deinem Grab.

Schwarz aufgereckt am Horizont
vor diesem Schauspiel:
Tag-Untergang.

Gewitterbaum,
schwer-krachend
über meinem Weg.

Und Pappeln steil am See
im Herbstrauch vor
dem hellen Mond.

Mein Boot im Mittag.
Die Pappeln sahn mir nach
und waren da, kam ich zurück.

Und wieder stehen sie vorm Haus.
Sie kommen in mein Zimmer
im braunen Herbst.

Sterblich
vor ihrer Zeit
auch sie.

In Gößweinstein

Mit weißem Finger ging
der Juni-Morgen über
den alten Schrank
und draußen, sandsteingelb,
ein festliches, brennendes Gelb
vor weiter Bläue:
die Burg.

Und ihre Fenster faßten spiegelnd
wie unser Herz
das Licht des neuen Tages.

Im ersten warmen Sonnenschein

Vom Reden müde, müd vom Straßenstaub,
bin ich noch in den Park gegangen.
Die Bäume schwarz noch, ohne Laub,
doch lichtgrün hat die Wiese angefangen.

Das Wasser eilt. Schon ist ein Hauch
von Blau und Grün in seinem Dunkel,
zuweilen auch
ein kleines silbernes Gefunkel.

Auf allen Wegen,
im ersten warmen Sonnenschein,
kommt es mir hell und frühlingsbunt entgegen:
heut haben alle kleinen Kinder hier ein Stelldichein.

Das hält sich fest an Hand und Wagen, weißen
Bänken.
Die Augen glänzen, staunen alles an, auch mich.
Wie sie verschwenderisch verschenken
ihr Lächeln und mit diesem Lächeln sich.

So geh ich langsam unter alten Bäumen.
Daß sie noch kahl sind, seh ich nicht.
Mir ist ganz warm von all dem Lächeln und dem
Licht.
Ich werde heute nacht noch davon träumen.

Sommer

Man muß wohl viele Sommer kennen,
um ganz zu wissen, wie am Weg der Baum steht
und raunt und rauscht, wenn Wind weht,
und schweigt, wenn Felder in der Sonne brennen.

Und wie im Nachtgewitter Wasser stürzt, dann
fällt,
in einer Schale steht – ein Morgenvogel trinkt –
wie es verlockend blau aus Grünem winkt,
die Farben auffängt und im Spiegel hält.

O Bilder, zählbar nicht und keins zu missen!
Vielleicht, daß wir, dich Sommer, kennen,
wenn wir wissen,
daß deine Blumen rot noch über Gräbern brennen.

Gewitter-Regen

Stürzender Regen,
gläserne Wand
zwischen dem Sommer und dir.

Kaum noch erkennst du
im grünlichen Licht
tanzender Bäume
die Rosen.

Sommer-Regen

Es rauscht,
und alle Stimmen, die den Tag verhöhnt,
sind übersungen nun und übertönt.
Es lauscht
das Herz gestillt und ausgesöhnt.

Noch in den Traum
singt es hinein.
Wie einen Baum
wäscht mich der Regen rein.
Es rauscht . . .

Regen am Abend

Wie er auf Steinen dunkel glänzt,
an einem braunen Abend
den Garten schlafen macht –

in aufgebrochene Erde rinnt,
und alles Wurzelnde
wird wach –

Es singt der Baum, es singt der Wind,
das sanfteste von allen Liedern
weiß der Regen.

Wiepersdorfer Impressionen I
Achim von Arnim

Noch eben Kuckucksruf,
in heller Luft ein Tanz
von Schmetterlingen.
Lacht da nicht Puck?
Titania, blind vor Liebe –

Vor meinem Fenster jetzt
im weißen Mond
der Park.

Der Silberton der Freude,
er hängt noch in der Luft –
In einer solchen Nacht
schriebst du es hin:
«Mir ist zu licht zum Schlafen.»

Wiepersdorfer Impressionen III
Im Park

In goldenem Frühlicht wendet
Diana ihr Gesicht
und lauscht:

Aus der Allee
von alten Bäumen
schreitet der junge Tag.

Wasserspiele auf der IGA

Ein Ton nur,
darin Lieder
wie sie das Wasser weiß.

So steigt es tanzend,
schleierweiß im Licht
vor einem Grün, vor einem Blau.

Tanz und Ton,
Ton und Tanz –
Das Wasser spielt.

Lebende Sonnenuhr

Von einem Vogel ausgesät –
Vom Winde hergeweht –

So stand sie da
vor grüner Schattenwand
die Sonnenblume
groß und gelb und nah.

Lebende Sonnenuhr,
der Stunden Sommerspiel,
von deren Scheibe
lautlos
ins Gras
die Zeit abfiel.

Das Buchzeichen

Feder
groß, dunkel –
ich nahm dich oben am Rennsteig
betroffen verhaltend,
aus einem Berglein von Federn
noch warm auf kühlfeuchter Erde.
Die Sonne war erst im Kommen.

Nun liegst du im Lampenlicht
zwischen den Seiten des Buches,
ein dunkles Zeichen

und so viel Sonne
hoch über blauschwarzen Bergen
rührte dich an.
Morgenlicht: Farbe
auffunkelnd über den Schatten,
großer gleißender Glanz unter Mittag
und das versinkende Leuchten am Abend.

Feder,
noch immer lebendig
zwischen lebendigen Worten des Buches.

Bäume

Bäume
ohne euch –
leerer wäre die Welt!

Weithin sichtbar:
stummes Beharren
schwarz verzweigt
in einem schneegrauen Himmel.

Aufbruch:
die Wiedergekommenen –
alle Wege jäh
mit grünem Leben erfüllend.

Dasein in Fülle,
Tänzer, wenn das Gewitter beginnt
und doch verwurzelt.
Windlieder raunend und rauschend.

Feierndes Fallen –
ein Abschied, der heißt:
ich komme wieder!

Ahrenshooper Verse

I

Irdische Namen auf meinen Lippen,
Menschen-Enge in meinen Kleidern,
ich, die Schwindende,
male schwindende Bilder,
sage schwindende Worte –

II

Wärmende Sonne,
ruhevoll rauschendes Meer.

Worte fallen unauffindbar
hinab
in den Sand.

In meinen geöffneten Händen
ist Wind.

III

Einmal hebt sich
die Stimme des Windes,
dann überrauscht alles das Meer.

So durchfahr ich,
den Blick zu der goldenen Scheibe,
in weitem Bogen
vom Morgen zum Abend
den Tag.

Sonnen-Untergang

Sonne, sinkende?
Nein, wir
tauchen hinein in die Nacht.

Eine Straße aus Glanz
geht
weit hinaus auf das Meer.

Schatten blausteigend, noch
zwischen den nächtlichen
brennt sie.

Bis zuletzt
rot und riesenhaft
schaut sie uns nach.

Haus auf der Steilküste

Ich kenne euch nicht,
doch ich seh euer Haus
wie der Steilhang
näher rückt,
bröckelnd.

In Fensteraugen
groß
Abend um Abend
die Sonne.

Wohnte ich dort,
um im Abschied das
Leben zu lernen.

Der ganze Sommer ging dahin . . .

Der ganze Sommer ging dahin
mit Regen, Sturm und Wind,
nur eine Stunde war darin,
die war wie gute Träume sind.

Da blühte es. Bunt lag der Markt im Sonnenlicht.
Kühl war es nur im Dom.
Die Gassen gingen krumm und dicht,
und mächtig zog der Strom
an dieser Stadt vorbei, so grau, so weit.
Doch geht die Zeit nicht wie man will.
Der große goldene Zeiger stand nicht still.

War es ein Traum,
war's Wirklichkeit?
Nach einer Stunde kaum
war ich schon weit.

Herbst-Anfang

So achtlos ging der Sommer fort.
Die Gartentüre schlägt im Wind.
Ich dachte, Zeit ist noch,
blühn doch
noch Rosen dort. –
Da war er fort.

Nacktsohlig leichten Schritt
und lichtdurchflirrte Luft,
die Wärme aus dem Mittagstein,
den Rosenduft –
das alles nahm er mit.

Nun steht der andere da,
sagt lächelnd «laß!»
und schüttet einen Sack voll Farben aus.
Es leuchtet brennendbunt ums Haus,
und Pflaumenblau und Birnengelb
liegen betaut im Gras.

Bäume im Herbst

Wieder sind die Bäume
Fackeln, drin des Sommers Schönheit feierlich
verbrennt.
Wie ein Sakrament
halten sie ihr Sterben in die Räume,
in das klare Blau der Tage.

Eingefaßt vom Schöpfungsringe
wissen sie nur von der Wiederkehr der Dinge.
Lächelnde Verführer, daß hier nichts vergebens,
reden sie vom immer neuen Anfang allen Lebens.
Keine Klage

kennen sie, nur warten, wachsen, schweigen,
und so stehen
sie in langen leuchtenden Alleen,
uns ihr ewiges Gesetz zu zeigen.
Doch es wird nicht unser eigen.

Lächelnd Abschied feiern, so wie ihr,
wird uns schwer.
Wir –
wir können euch nur lieben, doch nicht mehr.

Verse vom Herbst

Herbst:
unvergeßliche Farben
brennender Bäume
und die Weite
tiefblauer Himmel.

Herbst:
weiße Ruhe des Nebels
und das Heimgehen am Abend.
Wie leuchtet die Lampe,
wie hell dein Gesicht.

Zwei Verse vom Abend

Kein Wind klagt mehr,
kein Uhrenschlag, der schwer
und lastend in die Stille fällt.
Der Abend kommt und ist voll Süßigkeit,
klingt wie vergessenes Wort aus Kinderzeit,
da alles eins war: Traum und Wirklichkeit
und Gott und Welt.

So still und feierlich
liegt auf dem Tisch das braune Brot.
Im Fenster steht das Abendrot –
Kein Schatten mehr, das Dunkel wich,
nur Licht und Stille, du und ich.
Die Winde gehen singend um das Haus.

Georginen

Und Georginen
am Haus entlang,
in ihnen
Sonne im Überschwang
so farbenklar,
so farbentief

und deine Stimme war,
die meinen Namen rief.

Goldlack am Herbstabend

Schweigen war, als schliefe
alles, unter Bäumen wartete die Nacht.
Gegen dämmerkühle Gartentiefe
stand ein Goldlack wie ein Licht entfacht,
wie vergessener Funken
still und golden anzusehen.

Feierte das Licht, von Erde aufgetrunken,
sommerlang in dunkle Erde eingesunken,
jetzt in ihm ein Auferstehen?

Herbst-Gang

Der weiß vom Herbst nichts, der nicht einmal ging
am Abend, wenn die Nebel steigen:
Kein Grillensang, kein Vogelruf, nur Schweigen,
– am Zaun noch einer Sonnenblume goldenes
Sich-Neigen –
und streng nach Erde duftet jedes Ding.

Herbst-Tag

Vorbei ist nicht vorbei –
Lied in der stillen Luft.
Die Sonne in der Pappel sich verfängt.
Ein Blick, ein Klang, ein Sommerduft
noch zwischen grünen Blättern hängt.

Vor meinem Fuß des Sees Wellenspiel.
Kein Tropfen je zu nichts zerfiel.
Ich bin uralt und bin ein Kind.
Anfang und Ende ineinanderrinnt.

Petzow

I

Blaues Gewässer,
das Grün im flüsternden Schilf,
die weiße Wolke hoch oben –

Silbern springende Lichter,
Schattenschrift spiegelnd und wechselnd
vom Wind in das Wasser geschrieben –

Und ich sehe
Schiffe gleiten
weiß beglänzt, verschattet,
mit Signalen blinkend,
Schrei und Flüstern, ein Gelächter
und Gestalten, groß herüberschauend,
ganz vergeblich winkend,
denn es hält nicht mehr,
es gleitet –

Silbern springende Lichter,
Schattenschrift spiegelnd und wechselnd
vom Wind in das Wasser geschrieben.

II

Eine Sonne am Himmel,
eine im Wasser,
zwischen zwei Sonnen
ich!

Am Schwielowsee

Morgenverhangen
dehnt sich der See ins Ungewisse.
In einen hellen Himmel langen
des Schilfs bizarre Schattenrisse.

Und wenn die Sonne steigt
zum Mittagsrund,
vor blauem Wasser neigt
sich gelbes Blühn.
Das Ruder rührt an grünen Grund.

Die gelben Blumen –
Dankbarer nehm ich Jahr um Jahr
euer Septemberblühen wahr.

Noch eine Rose blühte
an grauer Wand.
Du warst für immer fort.
Die Rose aber stand
so rot und duftete so sehr.
Es war ihr Sommerduft
ganz von Erinnerung schwer.

Da hatt ich eine Rose,
noch eine rote Rose
statt deiner Hand.

Rose, spät im November

Knospe, vom Frost bedroht, versehrt,
ich holte sie herein.
Sie nahm das Lampenlicht für Sonnenschein.
Was sonst so mühelos sich bot,
war nun von Mühe wie beschwert:
dieses Sich-Öffnen.

Die Außenblätter, fahl zerstört,
schob sie zurück so weit wie nie.
Selbst eine Spur von Duft erbrachte sie
und einen Schimmer Rot
mit einer Mühe unerhört:
dieses Sich-Öffnen.

Kerze bei Nebel

November war und Nebel auch,
der noch am Mittag stand
wie dicker weißer Rauch.

Ohne zu wissen fast warum,
hab ich die Kerze angebrannt:
ohnmächtig kleines Licht vor ungeheurer Wand.

Ich holte mir von draußen einen Gast herein,
der war so klamm
wie eine Biene, die herbststarr den Heimweg nicht
mehr fand. –
Nach seinem Fortgehn trat ich wieder ein
und stand wie festgebannt:

War das die gleiche Kerze noch?
Sie brannte stetig, hell und warm wie aufgetan.
Kein Nebel kam dagegen an.

Was war Besonderes denn geschehen?
Nur ein ganz kleines und geringes Ding:
das Licht der Kerze hatte es mit angesehen,
wie Schmerz in Lächeln überging.

Rose

Tiefgrünes Blatt,
fünffingerige
Hand des Sommers.

Jede Rose trägt
anders
ihr Schönsein.

Ganz Farbe,
auch das Weiß,
mit einer Spur von Röte
innen,
hauchblauen Schatten hin
zum Rand.

Kein Verfall,
nur ein
Sichlösen und Fallen,

um wieder da zu sein
an einem anderen Tag,
in einem anderen Sommer.

Bäume an der Gera

Morgennebel,
Knospen
im Wasserspiegel. –

Flimmerndes Licht.
Uferlang
die ruhigen Schatten,
sommergrünes Geheimnis,
Vogellaut, schnellender Fisch
und im Wasser das Boot. –

Dann Blätter gelb
in Bläue und Sonne
langsam, so langsam
flußabwärts.
Mir auf der Brücke ist,
als gleite ich mit. –

Und wieder winterlich klar
die verzweigte Gestalt
eingezeichnet ins Wasser.

Winterwanderung

Ich geh
in tiefem, tiefem Schnee:

das Land
von Horizont zu Horizont
wie unbewohnt
weiß ausgespannt,

die Luft
mit Eisstaub angefüllt.
Kein Laut, kein Duft,
alles ein reglos weißes Bild.

Ein Dorf, stumm, Dach an Dach.
Mein Schritt klirrt hart.
Vereistes Fenster starrt
mir nach.

Umwehrter Kirchenhügel überm Land.
Die Kirchentür bald ein Jahrtausend alt.
Nagel an Nagel in das Holz gekrallt
und Eisenband an Eisenband.

Die Klinke kalt wie Eis und schwer.
Durch schmale Fenster sickert Schneelicht
kaum.
Wie Rauch hängen Gebete noch im Raum.
Er sah zu viel, nun flüstert er es vor sich her.

Ich geh
in tiefem, tiefem Schnee:

das Land
von Horizont zu Horizont
wie unbewohnt,
weiß ausgespannt, –

doch wo verborgen ganz
und unsichtbar
wie hinter einer weißen Wand
die Sonne steht,
plötzlich ein Glanz
von Farbe geht.
Der Pflaumenbaum am Straßenrand,
die ganze endlos lange Schar
– verändert jäh –
reckt Zweige, hingemalt auf weißes Land,
mit Knospenknoten schwarz und klar.

Ich geh
in schimmernd weißem Schnee.

Ein Lebenslied

Noch spielen Licht und Wind mit unsern Haaren.
Das Wasser schimmert blau, die Erde grün.
Es ist die Sonne da, um unser Mühen
zu überglühen
und zu überblühn.

Das Jahr steigt auf, verhält sich, fällt:
der große Atemzug der Welt.

Noch spielen Licht und Wind mit unsern
Haaren . . .

Nürnberger Glocken im Radio

In diesem dunklen Glockenschwingen
ist nicht die Stadt nur,
die ich liebe

und ich steh auf und geh die alten Wege,
und von der Freiung stiebt im Dämmern
der Schnee hinunter auf die Stadt,
Laternenlicht, gewundene Treppe,
dort Dürers Haus

und Sommersonne gleißt und stürzt mir ins Gesicht,
und in dem Glanz lebendig Schönheit noch
als Niederschlag von großem Leben –
goldgrün die Türme von Sankt Lorenz und die Burg,
das Abendgold als Bild im alten Tor

Und Blicke streifen mich und bleiben
und Worte,
hingeflüstert im Geläut . . .

Die Armée des Don Quichote

Rembrandt, Cézanne, van Gogh,
Hölderlin, Stefan Zweig . . .

sie suchen
sie bringen
verschüttet fallen die tropfen
sie reiten und reiten

jeder allein
obgleich er weiß
um die andern
sie reiten und reiten

die losung
«daß du nicht enden kannst
das macht dich groß»
sie reiten und reiten

im wehen des windes
im takt des hufschlags
die stimmen
bleiben

hoffnung
da nichts
zu hoffen war
sie reiten und reiten

Van Gogh

Ich hab dein Bild an meine Wand gehängt.
Seitdem erleb ich Tag um Tag
den Morgen dreifach:
in mir und draußen,
und dann steigt auch an dunklen Tagen
wie du sie schautest
brennend und riesengroß die Sonne auf.
Ich spür, es brannte auch dein Herz,
als du sie steigen sahst –

Frag ich, was tun,
schaut mich dein Sämann an,
der dunkel vor der großen Sonne geht . . .

Sieh mein Gesicht!

zu Rembrandts Bild
«Heimkehr des verlorenen Sohnes»

Der Weg –
am Anfang
sah ich nur Weite
und nicht
wie weit.

Die kleine Münze,
die Feder schimmernd und
den goldenen Helm,
alles verlor ich
unterwegs.

Die rote Rose –
Blatt um Blatt
sich lösend, fiel,
doch ließ sie
ihre Spur im Wind.

Sieh mein Gesicht,
sieh meine Hände!
Ich ging so Schritt um Schritt,
nahm, ging und gab mich aus.
Ich will
nur noch nach Haus.

Rembrandt: «Des Künstlers Sohn Titus»

Und Titus liest.
Im Abenteuer
der goldene Kreis
bleibt
unverletzt.

Im Glas rinnt Sand.
Und Rembrandt schaut,
befiehlt der Hand,
das festzuhalten,
was flüchtig ist.

Ahnt er den Fährmann schon,
undeutlich noch
und ungedeutet,
der kommt, den Sohn zu holen
in ein weites Land?

Er setzt Gestalt,
und seine Liebe strömt zurück
in Farbe,
wird licht, wird dunkel,
wird Dunkel – Licht.

Auf ein Hölderlin-Gedicht aus der Zeit seiner Umnachtung

Da ist das Dunkel, ist die Nacht,
mildtätig manchesmal,
die alles Denken sanft begräbt,
und nun – ein Licht, das dieses Leben sichtbar macht
und seine Qual
wie einen Berg ins Helle hebt.

Da ist ein Stammeln, wirr dahin,
wie Fieber spricht,
und nun – grellwach ein andres Wort:
«wenn ich, Diotima, dir noch erkennbar bin!»
Es dehnt sich wüstenhaft in kaltem Licht,
neben Lebendigem steht tödlicher Verzicht.
Ein Murmeln noch, dann nimmt die Nacht den Schmerz mit fort,
und wieder stirbt Erinnerung dahin ...

Lots Weib

Gott sprach zu Lot:
Verlaß die Stadt. Bleib auf dem Weg nicht stehen.
Schau nicht zurück. Nur vorwärts mußt du sehen.
Vor dir ist Leben, hinter dir der Tod.

Und jener tat nach dem Gebot.

Doch da sie schon die Stadt im Rücken hatten,
zuckte sein Weib zurück,
noch etwas zu erspähen von vergangnem Glück. –
Was hilft die Warnung einem Schmerzensmatten.

Erbarmungsloses Schauen, das ihr ward.
Jäh hat ein Blick ihr Leben offenbart.

Sie stand und stand. Hat sie ein Spuk genarrt?
Und das Lebendige ging stetig fort,
doch Regungslosigkeit stieg auf und lähmte sie.
Ach nie und nie,
daß je nach solchem Schauen neue Hoffnung ward.
Sie stand bis in das Innerste verdorrt,
sie stand fühllos und säulenhaft erstarrt.

Und das Lebendige ging stetig fort.

Der Eremit aus dem Grimmelshausener Simplicissimus

Nun will er büßen. Wofür?
Von vielen Türen
die letzte Tür.

So wie er einst
das Boot herumriß,
als die Wogen kamen,
reißt er sein Selbst herum
und sucht und findet in der Nacht,
die unausweichbar groß heraufkommt,
die Lichter seines Gottes.

Adam Kraft

Selbstbildnis am Sakramentshäuschen
in St. Lorenz zu Nürnberg

Wenn Menschen Steine werden,
wird ein Stein zum Menschen. –
Jahrhunderte sind wie ein Staub
auf einer hohlen Hand.
Ich blas ihn fort,
und da ist ein Gesicht
vertraut und menschlich.
Ich muß nicht reden,
denn diese Augen sehen –

Weit wird der Raum,
und alle Dinge
tragen wieder einen Namen
und werden kenntlich,
auch ich –

und ich vernehme wieder,
wenn man mich ruft.

Münchhausen

Novemberwind.
Es dunkelt draußen.
Im Regen dürre Blätter fallen.
Ein Feuer im Kamin
und Freunde um den runden Tisch.
Münchhausens Stimme.

Aus Gläsern steigt ein Duft,
verdichtet sich, wird Farbigkeit,
es schimmert Leben auf,
die weite Welt.
Der Silberklang der Uhr
verhallt in dröhnendem Gelächter.
Es biegen sich die Balken.

Am liebsten aber ist mir immer
die Sache mit dem Postillion,
der in dem schrecklich kalten Winter
auf seinem Bock in die Trompete blies,
daß ihm die Augen quollen,
die Backen platzten bald,
doch kam kein Ton heraus,
kein einziger –

Im Wirtshaus dann, am Ofen
hing die Trompete
zwischen Mütz und Mantel.
Mit einem Mal,
sie trauten ihren Ohren nicht,
erklangen lieblich alle Lieder, alle –
die Töne, eingefroren,
waren aufgetaut.

Münchhausen,
meine Trompete auch
war eingefroren –

Es scharren schon die Pferde,
ich stehe zwischen Tür und Angel,
nun muß sie tönen.

Durch blauen Tabaksrauch
nickst du
mir zu.

Casanova

Ein Schloß in Böhmen,
zitternde Schläge einer späten Stunde,
eiskalt und hallend lang ein Gang:
der Anfang dunkel und das Ende dunkel,
darin ein Greis,
frierend den Schlafrock festgezogen.

Wie lang ist er schon hier?
Kärgliches Gnadenbrot
und Einsamkeit
von allen Wänden tropfend.

Plötzlich reckt er sich auf.
Sein Schatten wächst,
bewegt sich, geistert an der Wand –
und dann geht er hinein und schreibt.

Nach innen steigend, holt er
sein Leben noch einmal herauf,
so bunt verwirrt,
glühend und atemlos,
ein Spiel nur, nur ein Spiel.

Die Schaukel – ist sie oben –
läßt als Ballast er alles fallen,
schießt sie nach unten, späht er
nach tiefster Stelle,
um sich abzustoßen.
Bald unten, oben, oben, unten –
Daß dir nicht schwindelt, Casanova?

Heut großer Herr, genießend und gefeiert,
dann in Venedigs Bleigefängnis schmachtend,
bald fliehend, fortgejagt.
Heute Musik, die Treppe breit,
Kerzen verschwenderisch
und Frauen, Frauen,
die er unwiderstehlich anzieht,
morgen verrufene menschenleere Gasse.
Im Londoner Nebelmond
in schwarzes Wasser starrend
mit leeren Taschen, leerem Herzen.
Wie viele Leben preßt du in das eine?

So immer Spiel und Einsatz,
Gewinn – Verlust – Betrug –
schillerndes Leben
im Zwielicht deiner Zeit,
das du beschwörst und das du hinmalst
an die kahlen Wände.

Auch das holst du herauf,
den Tag, der dir das Selbstbewußtsein,
das unzerbrechlich scheinende, zerknickte.
Durch eine kleine Hure
die trügerische Sicherheit,
dein Spielerglück dahin.
Anfing der Abstieg
nicht mehr aufzuhalten.
Auch das holst du herauf.
Es brannte.
Auch das war Leben,
der Grund, aus dem die Farben kommen.

Dann ist ein Tag, der dieses Schreiben
    unterbricht:
Trara, Gelächter und Umarmung.
Dein Gönner kommt mit Freunden.
Am Abend nach der Tafel
wirst du zum Lesen aufgefordert.
Man hört dir zu
erhitzt vom Wein und deinen Worten,
sehr amüsiert.
Noch einmal scheinst du Mittelpunkt zu sein.
Am Morgen Aufbruch schon.
Du bleibst zurück.
Gestrandet, ausgespielt.

Grinsende Diener: «Der welsche Narr!
Ich hab ihn lachen hören
für sich allein.» –

Kälte und Einsamkeit
und wieder schreibst du, Casanova,
und schreibst und schreibst,
hebst auf den Zauberstab,
spielst noch einmal auf anderer Ebene.
In Blitz und Irrlicht
wird sichtbar deine Zeit.
So sprengst du – schreibend –
den engen Raum - - -

Du wolltest, was du schriebst, vernichten,
doch rascher kam das Ende.
Achtlos, vergessen, halb zerstört
lag dies beschriebene Papier im Winkel,
um dann nach unbegriffenem Gesetz
an einem Tage aufzuwachen –

So lebst du wieder
schreibend
noch einmal,
Betrüger in betrügerischer Zeit,
den letzten Heller zahlend,
Casanova.

Zum Tod Martin Behaims

Seefahrer, erfand nautische Geräte, mit deren Einführung
1484 die Großschiffahrt möglich wurde.
In Portugal zum Ritter geschlagen,
starb dort an der Pest.
Sein «Erdapfel», der erste Globus,
ist noch heute in seiner Vaterstadt Nürnberg zu sehen.

Weit draußen in der schwarzen Nacht,
da springt und jagt der Sturm.
Du liegst und horchst.
Was denkst du wohl in diesem
hellklaren Augenblick
bevor die Schmerzen wiederkommen,
das Letzte zu zerreißen,
was hier sterblich ist:
«Ich habe einen guten Kampf gekämpft»
oder auch nur: «Gott hilf!»

Du hebst den Kopf und schaust.
Was siehst du an der kahlen Wand?
Vielleicht die Silhouette
jener Stadt,
die dich vergaß –

Weit draußen in der schwarzen Nacht,
da springt und jagt der Sturm.

Caspar David Friedrich: «Das Segelschiff»

Düster die See,
düster das Schiff.
So seltsam weht es her,
als fahre ich
von Nacht bedrängt

und sehe
an des Mastes höchster Spitze
den schwachen Schein,
mit dem der Morgen
endlich kommt.

Zum Tod von Ernst Barlach

Der Morgen steigt herauf.
Eh es zurückfällt an die Erde,
wandert das Licht noch einmal
über sein Gesicht.

Von Freunden
aufgebahrt im Arbeitsraum:
an nackten Wänden Steingestalten
schaun zu dem Stillgewordenen in der Mitte.

In solchem Kreis
    so auszuruhen . . .

Zum Goethe-Märchen

Auf dem Rücken der Schlange
grüngolden im Mittag
von Ufer zu Ufer –

Leuchtendes Leben!

Was aber sind wir,
wo sinken wir hin,
mißlingt uns das Menschsein.

Wolfram

Figur eines unbekannten Meisters
aus dem 12. Jahrhundert im Erfurter Dom

Aus dem Dunkel des Domes
und der Jahrhunderte,
die Arme erhoben,
in jeder Hand ein Licht,
so kommst du auf uns zu.

O Mühe,
Licht zu heben
Licht zu halten!

Wer schuf dich,
lieh dir seine Stimme?

Unbekannter Freund,
der im Dunkel
zurückblieb.
Deine Stimme tönt noch
vernehmbar dem,
der geht und stürzt und
aufsteht . . .

So sinkt in Asche und es bleibe nur,
was sich in Herz und Hirn gegraben.
Durch wirre ruhelose Zeit die Spur,
sie wehe zu.

Begegnungen: so viele kamen.
Was für ein Zug!
Auch die nur nahmen –
ein jeder brachte Leben zu.

Licht, Wärme, Licht
im Schatten noch, im Dunkel noch,
Schönheit, die groß durch Mühsal bricht.
Sag, welchen Meeren strebt dies Wasser zu?

Leben

Immer wieder
das Bravourstück
von unten nach oben,

immer wieder
auf einer Eisscholle
treiben.

Weit draußen,
was uns gehört:
die Insel im Nebel –

AUGEN:
Brennpunkt,
in dem sich sammelt
alles:

Licht und Schatten,
Raum und Bewegung,
Sonne –
ein Lächeln,
die Farben der Rose –

Augen
strahlende Möglichkeit
Welt zu nehmen,
Welt zu geben.

Über die Ruhe

Müde-sein,
Fluch nicht,
nicht Flucht.

Ruhe –
Frucht aller Mühe.

Unterwegs

Immer wartet im Hafen das Schiff.
Wir fahren
von Abschied zu Abschied.

Verstummen,
um
die Sprache zu lernen.

Worte:
tragende Pfeiler könnten sie sein,
aber kieselgleich rollen sie fort.

Am Strom

Wie mit Stromesschnelle
Well auf Welle
unaufhaltsam fließt.

Weder Dom noch Brückenbogen
spiegeln sich darin.
Kaum ein Schatten fällt,
dann ist es fortgezogen.
Unaufhaltsam fließt es hin.

Beugt sich ein Gesicht auch darauf nieder,
bleibt kein Widerschein.
Wie der Augenblick entglitt,
nimmt es eine Welle mit
stromab, stromab und kommt nicht wieder.

Metamorphose

Es drückt mich hinab:
die harte enge schillernde Haut
blättert dort unten –

Daß doch darunter
Flügel wären und
sehende Augen!

Der Seiltänzer

Das Seil ist ausgespannt von Turm zu Turm.
Da ist mein Leib, genaues Instrument,
klebt nicht am Boden wie ein Wurm,
ist wie ein Licht, das steil und stetig brennt.

Die Stille nach dem Glockenläuten.
Schaut auf! Dies mehr als Tanz - - -
Ich hebe Arme und Gesicht.
Was gehen heißt, was Schritte hier bedeuten,
ich weiß es ganz.
Ich bin im Gleichgewicht.

Kristall

Urkraft und Dunkel
unausmeßbarer Zeit
eingegangen
in die reine Form,
sechseckig strahlend
im Geheimnis der Farbe
auf meiner flüchtigen Hand.

Wie unaufhaltsam . . .

Wie unaufhaltsam Tag um Tag vorüberzieht.
In einen Abgrund stürzen sie hinein.
Sind wir denn nur ein Stein,
Metall, in tausend Feuern ausgeglüht?

Ist nicht die Luft noch angefüllt
mit Liedern, Seufzern, Lachen und Geschrei?
Ist denn hier alles nur ein Bild,
das aufglänzt und es ist vorbei?

Schütz nicht dein Herz, erhalt es weich und bloß,
gehorch dem Schicksal, suche keine List.
Vielleicht wird so das Kleine groß.
Sorg, daß dein letztes Angesicht dein schönstes ist.

Was aber bleibt?

Dem einen
am Ende das Herz,
ein Sack mit Steinen –

dem andern
Muscheln, Wasser, Sand
in der spielenden Hand –

Melodie, Farbe,
das Wort,
das Ungeheure
das Licht

oder

hineingeschleudert
vom Tod
die kleine Bewegung
in die große?

Fazit

So selten stand ich drüber,
war immer mittendrin.
Urteil oder Trost –
wer weiß den letzten Sinn?

Vom Alter

So müßte Alter sein:
winterlicher Baum,
nur noch Gestalt,
schattenlos klar
und das, was war,
wartend verwandelt
zu einem Ja.

Spätes Selbstbildnis

Welches Gesicht,
welches von vielen
soll ich malen?

Darüber gehen Sturm und Sonne
und wie der Blitz
grell,
weiß
den unbemerkten Baum heraushebt,
schaut es uns manchmal fremd
und von weither
aus einem Spiegel an.

Das letzte Lachen
wie es Rembrandt malt
gehört dazu,
verschwiegene Mühe,
das Ungenügen
und das,
was uns davon befreit,
das WORT:
die helle Schönheit,
unverlöschbar Licht –

- - -

Dünnhäutiger
Schlangenbeschwörer,
der flötespielend
Starres tanzen macht
und suchend
auf dem Mittagsmarkt
seine Laterne hebt –
der Liebe lange Übung,
dies Tor hinaus
in eine atmende farbige Welt.

- - -

Welches Gesicht nun,
welches
soll ich malen?

In einem alle.
Im Licht
die Stirn.

Stoß nicht den Leuchter um . . .

Zuletzt

Gehen? Ja,
aber es müßte irgendwo
am Weg
ein Blühen bleiben,
das man ausgestreut hat

und ein Wort
eingeritzt,
das still stehen läßt
für einen Augenblick,
um Atem zu holen

und wenn einer aufschaut und denkt,
es ist heller geworden,
so müßte
man mit-
gemeint sein.

Nachwort

Es gibt Bücher, die steigen auf wie Leuchtkugeln, die streuen gleißendes Licht aus, und alle machen Ah und Oh, doch das Licht, sosehr es im Anfang auch blenden mag, ist kalt, es hält sich nicht lange, stürzt ab und erlischt. Andere werden bei ihrem Erscheinen kaum bemerkt, sie nähern sich uns aus der Stille, unerkannt fast, und bleiben doch ein ganzes Wegstück an unserer Seite. Das Licht, das von ihnen ausgeht, hat andere Quellen. Wie ein Leuchten, das von innen kommt, geräuschlos, aus der Ruhe einer lebenslangen Erfahrung.

Ein solches Buch halten wir in den Händen.

Ungewöhnlich schon dies: daß eine Frau, achtzigjährig, die erste Sammlung ihrer Gedichte vorlegt. In Zeiten, da alles jung und neu sein will, resümiert jemand am Ende des Lebens, was er erfahren und was ihn zum Menschen gemacht hat. «Ich bin uralt und bin ein Kind. / Anfang und Ende ineinanderrinnt.» Er tritt zu uns mit dem Einfachsten und zugleich Schönsten, dem Wort, das «aufsteigt aus Tiefen» und «herübertönt aus dem Anfang»: Erinnerung, die «zur Farbe unseres Blutes wird».

Da horchen wir auf. Da weht uns etwas an, ein Hauch vom Atemzug der Zeit, der durch uns hindurch will. Als vor Jahren vier Gedichte der Hildegard Jahn-Reinke in einer Anthologie zu lesen waren, schrieb der Kritiker eines bekannten Blattes: «Und wenn ihr im ganzen Leben nur diese vier gelungen wären – sie gehörten in ein Buch.»

Neunzig Gedichte liegen nun gesammelt vor. Zeugnisse eines Lebens, das nie das Rampenlicht gesucht hat und das gewachsen ist wie so viele Leben, undramatisch und unspektakulär, durch nichts herausgehoben als durch diese Texte: Nachrichten, Beweisstücke, Erfahrungen der Trauer und der Freude, des Schmerzes und der Hoffnung, immer wieder der Hoffnung: «Karfreitagslied, von goldenen Hörnern in das Land geblasen.»

Wie ich mich den Gedichten auch nähere, es ergeht mir, wie es mir beim ersten und beim zweiten Mal ergangen ist: Manches Bild trifft mich im Innersten. Das macht vor allem die unprätentiöse, gelassene Art, in der in diesen Versen, jenseits aller Mode, ein Leben zur Sprache kommt. Fast sieht es aus, als hätte die Autorin an eine Veröffentlichung gar nicht gedacht; sie redet scheinbar mit sich selber, kümmert sich weder um die letzten Schreie auf dem Jahrmarkt noch um möglichen Applaus, sie gibt den Dingen die alten Namen zurück, Schnee heißt Schnee und Rose Rose. Und da sie alles, was sie mit sich ausmacht, in so ruhiger Gewißheit tut, nehmen wir ihre Worte an, sagen wir Schnee und sagen wir Rose.

Im Umgang mit ihren Versuchen stellt zudem ein Begriff sich ein, der in den letzten Jahren aus dem Gebrauch gekommen ist: Demut. Aus dem Gebrauch scheint er gekommen, weil die Haltung, die er bezeichnet, nur noch als Relikt existiert. In den Gedichten der Hildegard Jahn-Reinke finden wir diese Haltung wieder: als Frucht gelebten Lebens, als Summe unterm Strich.

Die Summanden können benannt werden: Augsburg, der Geburtsort; Nürnberg, die Stadt, in der sie aufgewachsen ist; Erfurt, das Zuhause seit fast einem halben Jahrhundert. Noch im Schatten der Burg: erste Verse, Arbeit an einem Redaktionstisch, schließlich Ausschluß aus der «Reichsschrifttumskammer»; später: Feldpostbriefe, adressiert an den Mann, dem sie zur Seite geblieben ist bis zu seinem Tode; schon damals: Federzeichnungen, Miniaturen vom Erfurter Dom, vom Dürerhaus in Nürnberg («Wenn ich noch einmal auf die Welt käme – ich würde Kunstgeschichte studieren»), das tägliche Brot in einem großstädtischen Büro, und wieder und immer wieder: Gedichte, «eine schwankende Leiter aus Leben / dorthin, wo Licht ist».

Manchmal noch fährt sie hinüber ins Fränkische, nach Nürnberg. Es ist eine Reise in die Vergangenheit. Viele, an die sie sich erinnert, leben nicht mehr. Doch sie macht, so sagt sie, eine eigenartige Entdeckung: Im Tod erscheinen die Freunde ihr näher als im Leben. Bisweilen, wenn die Bilder der Kindheit lebendig werden, überdeutlich in den Konturen, hört sie die anderen reden, plötzlich weiß sie auch die Sätze wieder, die sie gesagt haben, und es geschieht, daß sich Zeit geradezu greifen läßt. «Das Jahr steigt auf, verhält sich, fällt: / der große Atemzug der Welt.»

Zeit. Und: Erinnerung. Unsre Frage nach dem Woher und Wohin. Manchmal scheint die Erinnerung weiter zurückzureichen als in die Kindheit, dann ist es, als hätte das Gedächtnis nicht nur die eigene Erfahrung gespeichert, sondern auch die der Väter: Echo von Rufen, die verklungen sind, Widerschein erloschener Feuer. Vielleicht liegt darin das Geheimnis mancher ihrer Gedichte: daß sie so etwas wie das Gedächtnis vieler sind, wort- und klanggewordene Erfahrung von Generationen.

Ein paar ihrer Verse, die schönsten, dürfen wir getrost in diese Reihe stellen. Mag sein, daß der eine oder andere, auf der Suche nach Künststücken, in den Texten dieses Bandes Artistik vermißt. Tatsächlich ist der Autorin jede Raffinesse fremd. Was sie denkt, was sie empfindet, sagt sie mit ruhiger Stimme. Sie weiß, was es bedeutet, die Hand ins Leere zu strecken, und manchen Weg ist sie zweimal gegangen. Von ihrer Art, die Welt zu sehen, aber hat niemand sie abbringen können, wohl weil sie gespürt hat, daß dies für sie die einzige Möglichkeit ist, sich den Anforderungen der Wirklichkeit mit dem Anspruch auf Gestaltung zu stellen. Die Zerrissenheit der Welt ist für sie nicht das Signal, eigene Zerrissenheit vorzuführen, sondern Anlaß, den Gefährdungen mit innerer Sicherheit zu begegnen.

Diese Sicherheit, niemandem angeboren, will erlitten, errrungen sein. «Schütz nicht dein Herz», sagt sie, «erhalt es weich und bloß.» Und sie beschwört uns, das Feuer, unser Feuer, nicht ausbrennen zu lassen, damit die Erde nicht stirbt, «in kaltem Raum erloschener Stern, / der sich im eigenen Schatten dreht».

So weitet sich das kleine Leben ins große, und das große findet sich wieder im kleinen. «Nichts vergeht, und eines ist vom anderen umfangen.» Ich bin ganz sicher, Zeilen wie diese werden mir noch oft in den Sinn kommen: Lebenszeichen, Lichtzeichen: «Ein fliegender Fisch oder ein Vogel, / so streif ich dahin.»

Armin Müller

Inhalt